© Asun Balzola
© Ediciones Destino, S.A.
Consell de Cent, 425. 08009 Barcelona
Diseño de la colección y maqueta: Eugenia Alcorta
y Rosaura Marquínez
Primera edición: marzo 1983
Segunda edición: julio 1988
Tercera edición: julio 1989
Cuarta edición: julio 1990
ISBN: 84-233-1243-7
Depósito legal: B. 29.222-1990
Composición: Fort, S.A. Rosellón, 33. 08029 Barcelona
Grabados: Reprocolor Llovet. Casanova, 155-159. 08036 Barcelona
Impreso por Ferré Olsina, S.A. Viladomat, 158-160. 08015 Barcelona
Impreso en España - Printed in Spain

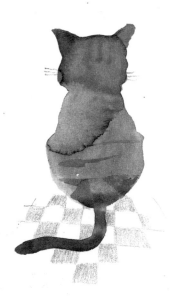

A Eugenia, Rosaura y Ángeles.
A Paula, que me prestó sus zapatos para dibujar este libro.

Los zapatos de Munia

Munia está sentada sobre la yerba del jardín.
Se quita los zapatos y mueve sus piececitos al aire.
—Munia, ¿qué haces sin zapatos?
—le pregunta la madre al pasar por su lado.
—Mis pies necesitan sol, mamá —contesta Munia.
Pero la verdad no es que Munia pensara que sus pies necesitaban sol. La verdad es que Munia tenía un secreto. Miraba y remiraba sus pies y los zapatitos rojos que descansaban junto a ella.
Munia pregunta a su madre:
—Mamá, ¿vas a bajar al pueblo?
—No. No tengo nada que hacer en el pueblo.

Munia va a buscar a su padre,
que está plantando tomates
en un rincón del huerto.
—Papá, ¿no tienes que ir al pueblo?
—No, Munia. Tengo que plantar tomates.
—¡Jo! —dice Munia—.
¡NADIE BAJA NUNCA AL PUEBLO!
Y se va a rumiar su disgusto,
debajo de un árbol, allá lejos.
La casa de Munia está en pleno campo.
Tiene jardín y huerto.
Detrás de la casa hay un bosque
de robles, grande y sombrío.
El pueblo más cercano está a siete kilómetros
y es donde los padres de Munia
van a hacer la compra, a recoger el correo
y a muchas otras cosas.
Pero aquel día no tenían nada que hacer allí
y, en cambio, Munia necesitaba ir
para una cosa muy importante
que tenía que ver con sus pies.

Desde la colina, bajo el árbol, el ceño fruncido, los pies
descalzos, Munia vio subir por la cuesta una figurita azul
que se hacía más y más grande cuanto más se acercaba.

—¡Hola, Munia, maja! —dice la figurita, que ya no es figurita sino
Josefa, la dueña del caserío más próximo.
—Vengo a traer unos huevos a tu madre.
—¡Hola, señora! ¿No bajas al pueblo?
—Pues no. ¿Por qué, pochola? ¿Tú quieres ir?
—TENGO que ir —contesta la niña, abriendo mucho sus ojos grises—,
pero nadie me lleva.
—Mi marido va a pasar por el pueblo con el carro.
Si quieres él te lleva y te trae. ¿Quieres?
—Pero tú se lo dices a mi madre, ¿eh, señora maja? —Josefa se ríe.
—Ahora mismito.
Quieta en su sitio, Munia observa cómo hablan Josefa y su madre.
Al cabo de un rato su madre le hace señas y Munia echa
a correr hacia ella.
—Yo no sé qué perra ha cogido esta niña con bajar al pueblo
—dice la madre.
—Pero si usted dice que Chomin la lleva y la trae…
—Sí, señora. Sale con el carro dentro de un rato y vuelve con la luz.
Cuando pase por aquí ya llamará a la niña desde la carretera.
Josefa se marcha con su cesta vacía y Munia da saltos de alegría.
—Bueno, Munia. ¡El que la sigue la consigue! ¡Ponte los zapatos!
¡Qué cosas más raras dicen los mayores!, piensa Munia.
¡El que la sigue la consigue! ¡Vaya usted a saber qué querrá decir
eso! Y se pone los zapatos de mala gana porque le hacen daño y ella
lo que quiere es hablar con el zapatero a ver qué les pasa a sus zapatos
porque no recuerda haberse metido en ningún charco para
que hayan encogido.

A las cuatro y media, Munia oye a lo lejos las ruedas de un carro.
Munia se despide de mamá, se despide de papá y baja
la cuesta brincando.
—¡Chomin! —grita— ¡Que ya voy! ¡Espérame!
Y Chomin la espera sentado en el enorme carro cargado de heno
amarillo. Y también la esperan los dos bueyes moviendo el rabo
para espantar las moscas que atormentan sus flancos.
Chomin aúpa a Munia y la sienta junto a él.
Baja el carro bamboleándose por la carretera.
—¡Ia, Ia! —grita Chomin agitando la vara en el aire.
Van desfilando los campos donde pastan vacas de manchas café con
leche, y las casitas blancas de tejado rojo se van haciendo más
numerosas a medida que se acercan al pueblo.
—Ya puedes bajar, Munia. Te recojo aquí mismo dentro de una
hora. El tiempo de descargar el heno.
—¡Hasta luego!

Munia se adentra por las calles del pueblo. Es amiga de todo el mundo. Saluda a la panadera, al frutero, al tendero, a la pescadera, al carnicero… Pero hoy no se detiene a charlar con nadie, como es su costumbre. Va derecha a ver a Felipe, el zapatero, porque no tiene tiempo que perder.

La tienda de Felipe tiene un rótulo que dice: Hospital de calzado. A Munia le gusta porque allí dentro se vuelve a encontrar con todo el pueblo. Están los zapatos de la panadera, del frutero, del tendero, de la pescadera, del carnicero…

—Y estas botas con tantos agujeros, ¿de quién son? —pregunta.

—Éstas son las del cartero, que corre de aquí para allá y es quien más suelas gasta.

—Oye —dice Munia.

—¿Qué? —dice Felipe.

—Me pasa una cosa muy rara en los zapatos —y enseña los pies a
Felipe, sentada en un taburete.
—¿Qué cosa?
—Te prometo que no me he metido en ningún charco.
—Ya lo veo, Munia. El cuero está nuevo.
—Pues eso, pero…
—Pero qué…
—Si me miras así no te lo podré decir nunca —suspira Munia.
Felipe se ríe y la mira con una mirada muy tierna para
que no se avergüence.
—A ver.
—Mis zapatos han encogido y mis padres me van a reñir, pero yo no
tengo la culpa.
Felipe se ríe otra vez. Palpa los zapatos de Munia con dedos sabios.
—Munia, los niños crecen.
—Sí.
—Tú creces.
—Sí.
—Te crecen los brazos y las piernas.
—Sí.
—Y los pies.
—¡Sí! —grita Munia alborozada porque empieza a comprender.
—No es que te hayan encogido los zapatos, es que te han crecido los
pies, y tus deditos gordos topan con la puntera y
te hacen daño.

—¡Jo, qué bien! —dice Munia— ¡Me comprarán otros zapatos!
Y sale a la calle dando brincos.

FIN

Soy Asun Balzola.
Desde muy pequeña me gustaba dibujar.
En el colegio pintarrajeaba todos mis libros y cuadernos
con gran desesperación de algunos profesores.
(Otros se morían de risa.)
De mayor empecé a escribir y a dibujar para niños.
He ganado la mar de premios:
el Lazarillo en 1965.
En 1981 el Premio Apel·les Mestres.
En 1985 el Premio Nacional de Ilustración
del Ministerio de Cultura por el libro
«Munia y la señora Piltronera».
También en 1985 me dieron la Manzana de Oro
de Bratislava por el libro
«Txitoen istorioak».
Y en 1987
el Premio Serra d'Or
y el de la Generalitat de Cataluña
por el libro «Marina».
Me gusta mucho mi trabajo.
Me gustan el mar, el campo, los helados en verano,
los animales, los lápices de colores y más cosas.
Me haría mucha ilusión que me escribierais
a Ediciones Destino
y que me contarais lo que pensáis de
los libros de Munia.

ALGUNAS VECES MUNIA